变
成
这档事 4

Regarding Reincarnated to Slime

[日] 伏濑 著
[日] 川上泰树 绘画
[日] 三叶（Mitz Vah） 角色原案
K.W 羽千落 译

黑龙江少年儿童出版社

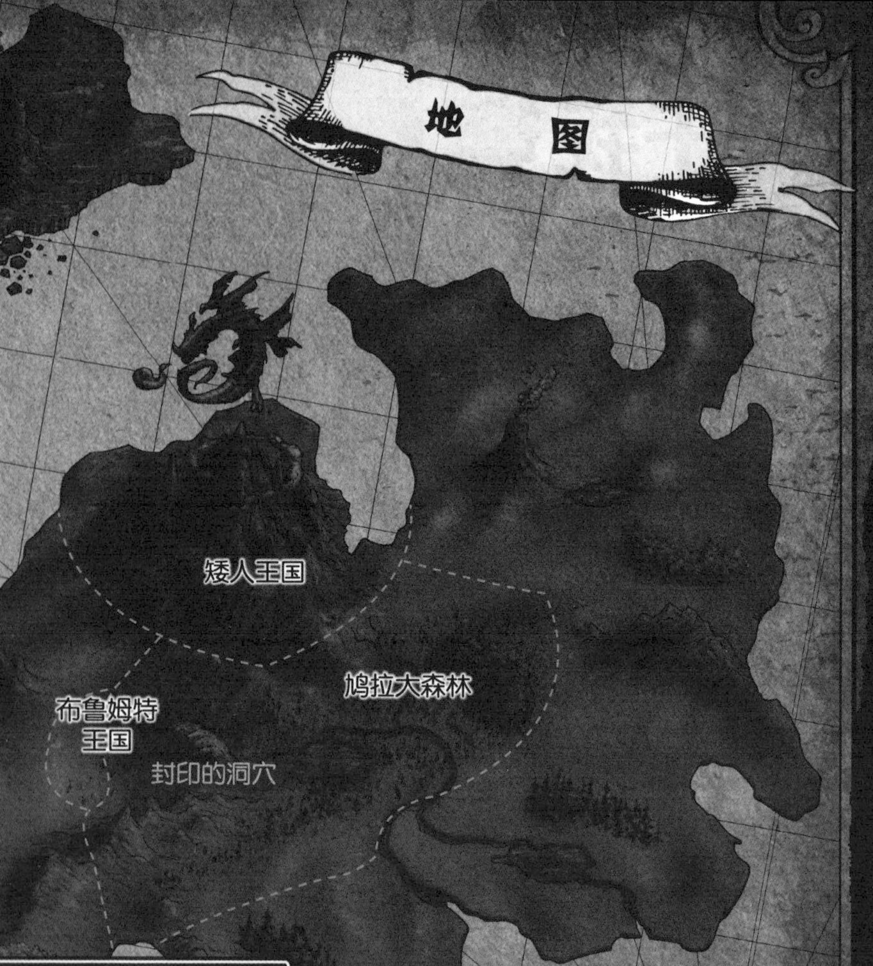

前情提要：

大鬼族的村子被魔人率领的猪头族袭击，失去了众多同胞。他们误把利姆鲁当作是戴着面具的魔人，为报仇对其发起了攻击。当误会解开之后，他们甘愿成为利姆鲁的部下。随后了解到猪头族的二十万大军接下来将会前往蜥蜴人族所栖息的湿地。如何应对猪头族的威胁乃是当务之急。此时，大森林的管理者树妖意外到来，拜托利姆鲁前去讨伐猪头帝。▼

利姆鲁·特恩佩斯特
（三上悟）
▶来自异世界的人，由人类转生为史莱姆的主人公。
维鲁德拉·特恩佩斯特
（暴风龙维鲁德拉）
▶为利姆鲁赐了名的挚友，天灾级的魔物。
利古鲁德
▶哥布林村的村长。
哥布塔
▶个性天然呆的哥布林。
岚牙
▶岚牙狼，隐藏在利姆鲁的影子下。
静江·井泽
▶在战争时期被召唤到异世界的日本人，已故。
红丸
▶原大鬼族的少主，是鬼人们的首领。
朱菜
▶原大鬼族的巫女公主，擅长缝纫。
紫苑
▶原大鬼族，担任秘书一职，料理水平为负值。
苍影
▶原大鬼族，为人冷静，负责收集隐秘情报。
白老
▶原大鬼族，剑术高手，魔鬼教练。
黑兵卫
▶原大鬼族，拥有制造刀具的技术。
托蕾妮
▶树妖，大森林的管理者。
加维鲁
▶蜥蜴人族的战士长。

目录

第18话　疯狂滚动的齿轮 ▶007

第19话　虚假的优势 ▶037

第20话　出战之呐喊 ▶066

第21话　战场上的涟漪 ▶105

第22话　黑雷暴风雨 ▶135

加笔小说

维鲁德拉的史莱姆观察日记 ▶165

为世间带来混乱的魔物，
猪头帝。
我肚子……
饿了……
ドッ
倒下
他与生俱来就持有一个技能，
能对其支配的所有人产生影响的——
——独特技能“饥饿者”——

受到该技能影响的人，击败并吸收对手后可以将对方的技能化为己有。
嘎吱
咕唔
嘎吱
其代价是——永远无法得到满足的饥饿感。
……出发。
站起
只要我们继续前进，用不了多久就能吃到蜥蜴肉了。
猪头族们，前进。
为了满足其永无止境的饥饿感，而这正是他们的王所期许的——

第18话 疯狂滚动的齿轮

讨伐猪头帝？
那个……你是说我吗？
这个姐姐在说什么啊。
对，就是你，利姆鲁·特恩佩斯特大人。
微笑
突然现身，还真是自说自话啊。
树妖托蕾妮。

你为什么来这里？明明有比哥布林更强的种族。
的确如此。
如果你们……大鬼族的村落尚在的话，我也许会去那里。
不过即便如此，也不能无视这位大人啊。
若是树人族的聚集地被猪头帝给盯上了，仅凭树妖的一己之力是无法与之抗衡的。
所以我才到这里来寻求强者的援助。

但是对于猪头帝是否存在这一点，我们也只是推测而已……
发生在这片森林里的事情，我们树妖还是可以掌握大致情况的。
猪头帝是存在的哟。
嘎吱
骚动
真好吃。
既然树妖大人都这么说了……
骚动
骚动
那就是真的出现了啊？
骚动
……托蕾妮小姐，还请允许我考虑一下再做回复。

我虽然这副样子，但我好歹也是这里的主人，
支援鬼人们自然不在话下，但是我也没有身先士卒自讨没趣的打算。
所以请允许我整理好情报之后再做答复。
……我明白了。
——欸……那么会议继续吧。
关于猪头族的目的不知诸位有何看法？

……
既然已经确定猪头帝存在了，我倒是有一些头绪。
苍影，你有调查过我们村子的废墟吗？
……是的。
看你的样子果然……是没有吧？
是……同胞的也好，猪头族的也好，一个都没有。

没有什么啊？
尸体？
嘎吱
尸体。
原来如此……我也一直有此疑问，要如何才能筹备出供二十万大军食用的粮食啊。
毕竟他们可没有兵站这一概念……
喂喂，等一下啊，
难道说他们把尸体……

是独特技能『饥饿者』。
这是猪头帝与生俱来所持有的技能。
将吃掉的魔物特性化为己有，和你的『捕食者』类似。
和『捕食者』有所不同的是不能确保一次性夺取成功，
但放任食欲，大量进食的话，成功概率也会随之提高。
也就是说猪头帝的目的……

并不是消灭大鬼族和蜥蜴人族这些森林里的高级种族，
而是要夺取他们的力量……
咕嘟
咕嘟

……如此看来我们这里也算不上安全啊，
岚牙狼族和鬼人说不定连大型哥布林也算上，
全部都是猪头族想吃的食物啊。
啪吱
您是不是漏掉了那群家伙很可能最想吃的了？
嗯？
薯片小鸭嘴
……这下您无法置身事外了吧？
……这里不是有个最强的史莱姆嘛，
咯吱咯吱
区区史莱姆可是会被无视的哟。
咯吱
咯吱

而且……以这次猪头帝诞生为契机，
我确认了有魔人存在。
我想，这可不是您能置之不理的对手。
因为那个魔人可是某个魔王的手下。
厉害，这人真能吃……
发生在森林里的事情都能大致掌握啊……
真是不好对付的大姐姐啊。
她如此一说，想必是知道我定会有所行动的啊。

请允许我再次恳求您讨伐猪头帝。
受到了暴风龙的庇护，降服了牙狼族，保护了鬼人，若是您的话，
想必是不会输给猪头帝的。
……要痛下决心吗？
那是当然！

猪头帝这种货色，才不是我们利姆鲁大人的对手呢！
是啊，正是如此。
这俩姑娘真嗨。
软乎乎
……我知道了。
讨伐猪头帝一事我接受了。
诸位也做好准备吧。
必须的，利姆鲁大人！
哇
啊
净耍帅了，要是输了可如何是好啊……

——那么，既然要和二十万大军作战，
我也想积极地去商讨和蜥蜴人族结成同盟的事宜了……
可使者却是那个货……
我想和蜥蜴人族能沟通的家伙交涉一下。
利姆鲁大人。
起身
让在下前去处理吧。
你可以和蜥蜴人族的首领直接交涉吗？

能办到吗？
能。
哎哟这位帅哥，
真是信心满满啊。
好，那么和蜥蜴人族会合之后我们就痛击猪头族。
决战将会在蜥蜴人族统治的湿地进行吧。
当然，这是以和蜥蜴人族统一战线为前提，
拜托你了，苍影。
你可要为我们争口气啊。
嗖
就交给在下吧。

不过，蜥蜴人族啊……
只要首领不是像加维鲁那种蠢货就行了。
……这是苍影留下来的棋子吗？
是的，这似乎是加维鲁在周围拉拢哥布林的队伍，他们貌似围着晕过去的加维鲁，意志挺消沉的。
感觉……不，是我想多了吗？
有什么问题吗？

咔嚓
咔嚓
为了迎击猪头族，蜥蜴人族的主力大概会这样部署兵力。
这样一来，这个布阵……
如果加维鲁的小队，
蜥蜴人族的据点
蜥蜴人族主力部队
猪头军
发动强袭的话，那蜥蜴人族的据点会被一口气攻占吧。
那个飘飘然的家伙，
议论
议论
议论
希望他不要被周围的人所煽动，起什么怪念头……

啊？
这、这里是……
您醒了！
哇——加维鲁大人——
起身
对了，我被那个一脸滑稽的男人给……
嗯……完全被骗了啊。
您这是什么意思？
很简单，制服我的那个家伙绝对是那个村子的主人。

什么？
就那家伙？
确实啊，要不是那样的话加维鲁大人也不会输啊……
卑鄙，竟然诱骗加维鲁大人掉以轻心！
咿——
算了，你们冷静点，这是弱者的智慧啊。
哇——
哇——
不愧是加维鲁大人，气度如山啊。
哟，下任首领！
哎呀——加维鲁大人真帅。
鼓掌
鼓掌

和传闻一样，还真是个顶天立地的男子汉啊。
啪
啪啪
嗯，你是谁？
那个人刚才就在那里了。
我叫拉普拉斯，
作为克鲁米特大人的使者来警告你几句。
哦，克鲁米特大人的……
克鲁米特是谁？
好像是为加维鲁大人赐名的人。

真是劳烦您大驾了，
克鲁米特大人
的警告是？
转
转
转
转
这是件不得了的大事哟。
这次猪头族的军队……
貌似真的是由猪
头帝率领的哟。
停
住
惊
震
猪头帝？
蜥蜴人族的现任首领
虽然也是位能人，
但是年事已高……
议论
议论

老实说……
令尊肩上的担子是否过重了呢？
真的是传说中的那个魔物……
议论
我可只是在故事里听过猪头帝啊……
议论
议论
安静！
惊
我可不管他是不是什么传说，他不过是比其他家伙优秀那么一点点罢了。
加维鲁大人……

……但我们也不能这么优哉游哉的了，
若是等击退猪头族的军队再继承首领之位就为时已晚！
拉普拉斯阁下，客套话就到此为止吧，我们……
无妨，无妨。
是要回湿地吧？
我劝你越早越好哟。
嗯，不胜感激。
从这里回去要好几天呢。
出发，小的们！
哦，哦！
咚咔咚咔咚咔
……你就好好努力吧，
加维鲁。

首领……首领！
什么事？
有入侵者！在钟乳洞的入口说要见首领……
……准了，带过来吧。
欸？

首领，是否会有危险……
这股妖气……绝非等闲之辈。
你也感觉到了吗？
哐
哐
哐
哐
哐
哐
……或许数百名蜥蜴人族的精英一起上也会输啊。

失礼了，现在我方诸事繁多，所以无法盛情款待。
起身
不必费心。
我只是个单纯的来使……
是来替我主人传话的。

淡盐味薯片
我还想做海苔味的，还有原味的。
呀——♡

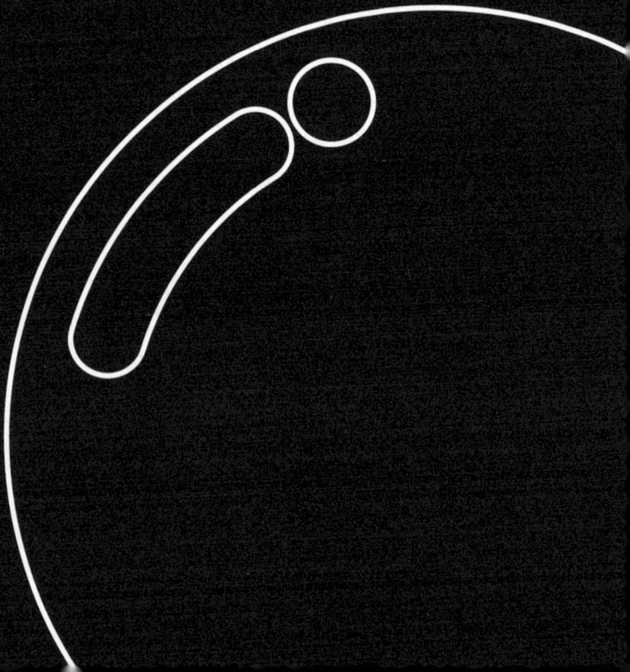

因此我们决定与猪头军开战了。
决战地点就定在湿地。
若能战胜，自然是再好不过。
但是，如果输了，请迅速撤离这里，逃往树人族的村落。

老实说，敌方战力不弱，
虽然我们志在必胜，但如若战败，也不必感到恐惧。
话说这个像神轿的东西是什么鬼啊，好羞耻啊。
好想快点结束啊，越快越好！
情况我会用『思念传达』告知各位的。
诸位，保持冷静，务必按照指令行动。
哦
哦
哦
哦
唉——那么……
咳咳

第19话 虚假的优势
现在公布第一队的人选！

——恕我开门见山了，我主人有意与蜥蜴人族结成同盟。
同盟？
哎呀，我并不知道你方实力如何。
我主人利姆鲁大人已经当面接受了树妖的委托，承诺要讨伐猪头军了。
森林的管理者亲自……

据树妖所言，统领猪头军的正是猪头帝。
还望你能斟酌一下当下的处境。
猪头帝。
果然是这样啊。
哼，是叫什么利姆鲁吗？连听都没听过！
反正那家伙也是怕了猪头帝，才跑过来苦苦哀求的吧？
既然如此，就老实说句『请救救我们吧』。
住口。
欸？
你立刻闭嘴。
首领，我们这样是会被瞧不起的——
嘶

！
什……丝线？
请容我为族人的无理道歉。
不知可否松开丝线，我们是在进行平等的谈话对吧？
……
松
……抱歉，我本无意威胁的，但是我容不得我主人受到嘲讽。
咻

还真敢说……要不是我及时制止，恐怕他刚才就要身首异处了吧。
……在鸠拉大森林里栖息的魔物，想必是没有谁会蠢到冒充森林管理者之名的。
据我观察，你……虽然你体内的妖气与我所知的大相径庭，
但你是生活在西南地区的大鬼族吧？
现在不是。
我在主人赐予我『苍影』之名时，已经成为鬼人。
鬼人？
是在大鬼族中极其稀有的高级种族……
那么赐予这人名字的人，便在这人之上……

猪头帝出现了……
若在此僵局之下能求得强者的援军，
我自然是没有拒绝的理由。
但是……
……苍影，我可否提出一个条件？
……愿闻其详。

呀—♥
好可爱！
利姆鲁大人可否打扰一下？
哦，苍影，来得正好！
我已经与蜥蜴人族首领见过了，对方有意接受同盟的提议。
回见。
欸——
哦，这样啊。
只是对方希望您能亲自来一趟……
可以啊，反正决战地点已定在湿地了。
坐下
让他去相信一个没见过的人确实有些强人所难啊。

那么会谈时间定在何时合适呢？
拽
嗯——让我想想啊——
脱掉
倒下
准备工作和路程都需要时间，
嗯，就定在七天后吧。
心动
那就按您的吩咐。
心跳
心跳
我对小朱菜一心一意，我对小朱菜一心一意。

话说蜥蜴人族的首领是个什么样的家伙？
ゴロン
倒下
虽然很慎重，但是个很有决断力的男人，待我方也彬彬有礼。
嗯——
是这样啊，和加维鲁不一样啊。
利姆鲁大人——接下来我们来试试这件吧——
那你帮我传句话。
洗耳恭听。

——那么待我方准备妥当，七日后与贵方会合。
届时即可拜见我主人——利姆鲁大人，
在此之前切勿轻举妄动与猪头族作战。
嗯，我知道了。
这是答应了吗……
最后利姆鲁大人让我转达一句话。

『请务必注意后方』，
就是这句。
……
好的。
失陪了。
消失
坐下
首领……
……总算是能看
到点希望了。

诸位，听好了，猪头军已经逼近这个地下大洞窟了！
但是，大家不必恐慌。
七日后，接受树妖委托的强力援军将至。
在此期间，我们只需固守城池，保存战力即可。
我方占有地利，
利用这个天然的迷宫，以人数优势来迎战落单的猪头族！
我们的目的自始至终都是防卫！

万不可转守为攻，主动出击。
时刻谨记，若是战死，尸体便会成为那些家伙们的粮食！
这是同猪头帝的战争。
待与援军会合之后便可转守为攻，进行反击。
咔
在此之前，我们势必要死守！
绝不允许任何人死去！

与苍影会面后的第四天
咚
这真的是猪头族吗？
简直就像是和大鬼族作战一样。
真是让人不寒而栗啊……
这种级别的家伙竟然有二十万。
这和猪头帝的能力有关吧……
我们还能再守三天吗？

一味防守只会浪费人力。
你是……
父亲大人。

哦，你回来了，
你有顺利与哥布林们取得合作吗？
是的！
但是现在面对猪头族，我们为什么要固守城池呢？
这可不像是桀骜不驯的蜥蜴人族所有的战斗方式啊。
你不在的这段时间有人来提出联盟，
在与他们会合之前，严防死守乃是万全之策。
……
……你老了啊，父亲。

什么？
唰
利用天然的迷宫与大军抵抗或许是良策，
但是众多的通道会过于分散战力，便无法集中起来去迎击敌人。
涌入
涌入
※持刀执棍
！

加维鲁殿下，您这到底是为何？
冷静点，我并不打算加害亲卫队长。
之后我会为我的粗暴行径道歉的，
现在就委屈你了，在我讨伐完猪头帝之前还请忍耐一下。
等、等等，儿子啊！
我不允许你擅作主张！
至少要等到同盟军到来。
还不快放开！
加维鲁殿下……不，兄长，请快点清醒过来吧！

加维鲁大人，请……
这是父亲大人的……
！
这、这股力量！

水涡枪啊……
你认同我做你的主人吗？
加维鲁大人。
各部族已经完全控制住了。
不少年轻人都对这次的防卫战有所疑问。

……是吗？
大家愿意跟随于您，拜托您了，加维鲁大人。
那好。
我将让那些家伙们见识一下蜥蜴人族真正的战斗方式。

ドチャ
行进
ガあぁ
嘎啊啊

湿地里全是猪头族的大军。
从其中一角传出了骚动。
呀——

无需畏惧，湿地乃是我等的战场！
风驰电掣般扰乱猪头族们的行动！
怎可输给在泥泞地上行走迟缓的家伙们！
ズルッ
滑倒

※咔啉
我们的攻击奏效了！
果然和加维鲁大人说的一样。
加维鲁的实力本就为众多的同伴所认同。
暂时撤退！
哇啊啊啊啊
如果说他有一点失误的话……
怎么回事？
猪头族竟然在……

那便是加维鲁并不知道
猪头帝的可怕之处，
首领却知道。
而这一差异，现
在正化为恶果展
露出了凶势。

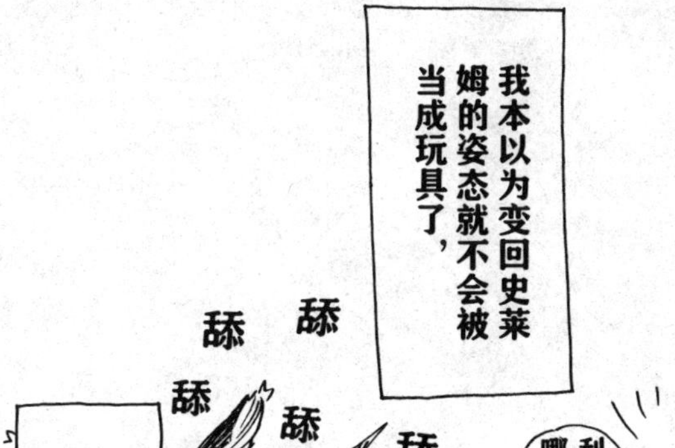
我本以为变回史莱姆的姿态就不会被当成玩具了，
呀
利姆鲁大人去哪里了啊？
呀
接下来试穿一下这件睡袍吧。
舔
舔
舔
舔
舔
舔
但并非如此。

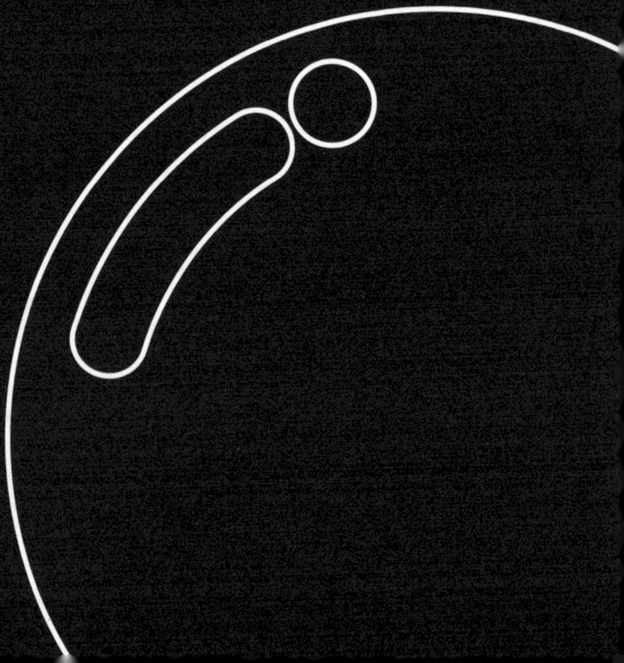

让您久等了，利姆鲁大人。
出战用的武器及防具都已准备妥当了。
……嘿，很不错嘛。

——那么我们出发吧。
第20话 出战之呐喊

这、这些家伙
在做什么……
グチャ
吭哧
グチャ
吭哧
？
唔
哇
啊
啊
啊
啊
啊
啊
グチャ
吭哧
バギ
咔吱

哇
啊
啊
啊
啊
加维鲁大人，我们被包围了！
什么？
！
哇啊啊啊啊
到底发生了什么？
很明显这些家伙的行动变得敏捷了！
刺
！

不可能，猪头族竟然长出了脚蹼？
这简直……
沙沙
简直像我们蜥蜴人族一样！
加维鲁大人，刚才我们有一名同伴被害了！
！
大概是在这之后，他们的行动发生了变化……
难道是将我们的能力……

哥布林队伍，退到蜥蜴人族的后方！
本打算让我军搅乱敌阵，派哥布林们趁机干掉他们的。
没想到把他们带到这里来，竟然事与愿违出了反效果。
我们要突破猪头族的包围圈，
上啊！
吵闹
吵闹
喂喂，那个……
来了！

那些黑色的家伙是什么？
最前头的那只……是何等惊人的妖气啊！
一定是那家伙没错。
那边的猪头族给我站住！
我一眼就看出来了，你就是猪头帝吧？
和我来单挑吧。
我不是帝。

我是猪头将军，
虽然是猪头帝大人的心腹，但是论实力还远远不及他。
并不是猪头帝？
明明有这般力量居然说远远不及猪头帝？那么……
要单挑吗？有意思。
我接受了。
真正的猪头帝，到底是何等怪物啊——

——怎么会这样……
『请务必注意后方』。
那句话原来是在提醒我这件事啊。
我早该对加维鲁更加详细地说明猪头帝的可怕之处才是。
！
首领，通道的前方飘来了血腥味……
……来了吗？

亲卫队长你听好，
我给你一个机密任务。
居然藏在这种地方，这群臭蜥蜴。
抓
唔唔

猪……猪头族！
女人和孩子退后！
没用的。
反正你们全都要变成猪头帝大人的贡品！
※呲咔咔咔
哇啊啊
啊
咔啦啦
唰啦

快去！
点头
明明只是下贱的肥猪，身手还不错。
算是个不赖的对手！

好了，先停下。
今天就在这里扎营吧。
虽然从村子出发才三天时间，
但是多亏了岚牙狼族，一路上非常顺利。
哇，这里柴火都受潮了。
啊
不好用啊——
点不着火吗？
马上就要到湿地了吧？
这里的也受潮了。

我带来的人有红丸、
我看看，要点着是吗？
你这样会一把火烧成灰的。
白老、
再过不久就可以大闹一场了……♡
紫苑、
苍影、
我找到了些干柴火。
噢！
贴紧
……
岚牙、
以及一百组的狼鬼兵部队。

我并不是要用这一百骑兵去对抗二十万大军。
苍影，你去确认一下周围的情况。
是。
我的目标只有猪头帝一人。
我给他们的任务是尽可能制造出我与猪头帝单挑的机会。
对了，利姆鲁大人，之前约定好的奖励你有去拜托黑兵卫吗？
惊
啊……嗯，当然了！
居然说了声「啊」……
那个，我回去之后会好好去说的。
利姆鲁大人您现在方便吗？
啊，苍影来短信了。

怎么样了，已经了解到什么了吗？
没有，我只是发现了有一群人在战斗。
短信是什么啊？
什么？
其中一方是蜥蜴人族首领的亲信。
另一方是猪头族，
有一个高级个体，还有将近五十个跟班。
我去交涉的时候曾见过这个人。

砰
砰
看来是为了向部下炫耀自己的实力，
那个高级个体正在独战中。
呲
呲
那你有把握赢那些猪头族的家伙吗？
小菜一碟。
秒答啊，真是帅得不得了啊。
我明白了，虽然有点对不住那个蜥蜴人族，但这是调查猪头族能力的好机会，
尽量多观察一会儿吧。
大家听好了，我们不扎营了！

但是她有生命危险时一定要出手帮忙，
我想听听她只身一人到这里来的缘由。
遵命。
岚牙，用影移动去苍影那里。
是！
嘎吱
骨碌碌碌
呼呼

什么，已经不行了吗？
真没劲。
戳
戳
已经可以宰她了吧？
好、好想快点开始啊。
我也玩腻了。
是时候了结你了。
父亲大人兄长大人……
对不住了，我要在此……

你、你是谁？
突然现身是想抢走我们的猎物吗？
？
你这么随便就死了，我很难办的。
利姆鲁大人想跟你问问话。

ザバアアアア
咔
※啊啊啊啊
啧啊啊啊啊啊啊
没事吧？
你就是蜥蜴人族首领的亲信吧。

把这个喝了，没事的，这是恢复药。
！
伤口？不是吧，我明明受到了致命伤……
还好赶上了。
苍影这家伙，虽然我让他多观察会儿，但是也应该早点出手相救啊。
不过，算了，这样一来她对我的印象应该不错，
在会面前能赚点好感也不错。
你、你是？

我叫利姆鲁·特恩佩斯特。
为了和蜥蜴人族结成同盟，而来参加会谈的。
苍影，那个大块头的猪头还活着吧？
是。
……
我觉得他也许还有用，所以避开了要害。
呼……
呼……
不愧是苍影，真懂事。
摇晃……
故意避开了要害？
还真敢说啊……

这不过是因为你这小身板对我造不成伤害罢了。
想在主人面前逞威风吗？
真是遗憾啊！
在猪头帝授予的这般伟大的力量面前，你们输定了——
蠢货。
啊
喂，还要问他话呢。

竟敢在利姆鲁大人面前如此放肆！
※啪啊啊啊

利姆鲁大人，这个蠢货已经被我惩戒了！
你才是个蠢货啊——
想被表扬
啊！
要小心啊，他还有一群跟班呢。
完全不够玩啊。

打发时间都不够。
呆
什么，已经收拾掉了？
你们也太强了吧？
是那些家伙太弱了。
若是这几位出马……

我给你一个机密任务。
事已至此，我等的灭亡恐怕是在所难免了。
但是，自家之过不可连累他人，
你去找苍影阁下，把这件事告诉他。
首领……
你肩上所担负的是蜥蜴人族最后的坚持与荣耀，
拜托你了……女儿。
握紧
原谅我只能违背您的嘱托了，父亲大人……
在下有个请求！

还请出手援救身为首领的我父亲和兄长加维鲁！
怎么回事，出什么事了？
……兄长加维鲁谋反，将首领幽禁起来了。
兄长似乎是想凭借自己的力量去击退猪头族，
但是兄长却过于小看猪头帝了……
再这样下去，蜥蜴人族注定会败北进而招致灭亡。

我很清楚这是个很自私的请求，
您能使有能力的各位魔人归顺于您，依在下愚见您定能拯救我们蜥蜴人族，无论如何还请您出手相助。
拍
说得真是太好了！竟能察觉到利姆鲁大人伟大之处，
我很看好你啊。
喂喂。
你们蜥蜴人族一定能得救的。
欸，但是……利姆鲁大人还什么也没说。
这种擅自给人揽活的感觉……
还真是好秘书啊。
真是没办法啊。

……算了，反正也要和猪头帝一战。
那个，你是首领的女儿对吧？
啊，是的。
那么我就认为你是首领的代理人了，我们在此结成同盟你没有异议吧？
欸？
没有……没有，我怎么会有异议呢！那么……
苍影，你能用影移动到首领那里吗？
可以办到。
既然是同盟，前去营救是理所当然的吧？

补充史莱姆成分。
为什么感觉自己快消失了……

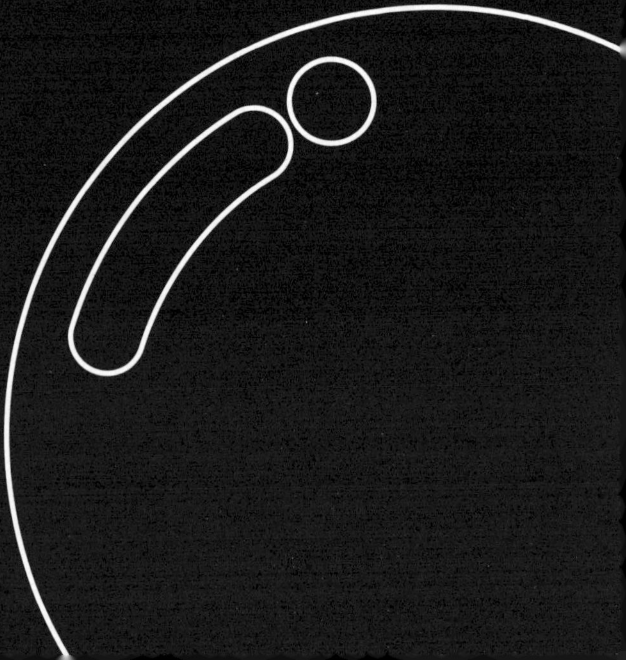

看来计划很顺利啊，克鲁米特大人。
嗯。
猪头帝的出现倒是意料之外的幸运啊，
想必在不久之后猪头帝（我的孩子）将会称霸整个森林吧！
这么一来，我的野心也能……
两位聊得很开心嘛。

什、什么人？
我叫托蕾妮。
在这片森林里实行的奸计可逃不过我的法眼。
这可难办了啊，克鲁米特大人。
她是森林的管理者啊。
你说什么？

回答正确。
那么可否对我讲一下你们在策划些什么呢？
哎呀——我可是有保密义务的……
※呼呜呜呜
这样啊，那你们就没什么用了，
现在我以扰乱森林的罪名要将你们铲除掉。
啊？
精灵召唤『风之少女』。

大气压缩断裂。
嗖——
咚
咚
你的手……
还是快点逃吧，克鲁米特大人。

好了，判罪时刻已至，忏悔你们的罪过，祈祷宽恕吧。
什么？
好吓人啊，不过这之后我只要静观事态发展便可。
嗖
嗖
嗖
我先撤了。
玷污森林之徒……
嗖
嗖
！

拜拜咯。
……没想到让他逃走了。
情况不容乐观啊。
我究竟……

嗖——
嗖
嗖
可以相信那位大人几分呢——
第21话　战场上的涟漪

『部分拟态』吸血蝙蝠（翅膀）。
咻——
真是多亏了『大贤者』啊，我居然可以这么简单就飞起来。
虽然想享受一下空中漫步，不过现在可不是那个时候。
大贤者，帮我进行宏观的魔力感知。
了解。
※哇啊啊啊啊啊啊
猪头军
……果然蜥蜴人族处于劣势啊。
蜥蜴人族军队
如果这是模拟战略游戏的话可就玩完了。

嗯？
单挑？
那个是……加维鲁。
握紧

涡枪水流击！
咻啦
混沌餐！
砰
咔

？
冒出
居然将妖气实体化了！
啊呜
好疼！
这、这些家伙！
是想吃了我吗？
惊

……
唔哦哦哦哦
……本以为他只是个爱得意忘形的家伙，
加维鲁大人，我们来救你！
我说过你们不许插手！
你们是赢不了他的。
但是也挺有男子气概的。
唔哦哦哦哦
岚牙，能听见吗？
是！
——好了，接下来是首领那边了。

……不过，交给那个男人应该是没问题的吧。
毕竟是个帅哥嘛
您……您来了。
轰
苍影阁下！

父亲大人！
为……为什么……
我们已经结成同盟了。
？
怎么回事？
他们认同我为代理首领了。
援军到了。

现在还不是认输的时候！
……父亲大人！
我们蜥蜴人族得救了？
！
呜呜
苍……
不好，猪头族的将军！

若是让使者丧命于此的话，我也没有脸面去见对方的主人了！
冲出
父亲大人！
就算用我的身体来做肉盾也要……
嗖
不必担心。

他已经动不了了。
吱吱
吱吱
咕噗……
呆
果然会是这个反应啊……

不过真是遗憾啊。
我还以为能套出什么情报呢。
勾
哐当
这家伙身上似乎被施加了情报共享的秘术。
我可不打算把我们的情报拱手让人。

话虽如此，但是就这么消灭他也可惜了。
对了，难得的机会……
就让你来传话好了。
嘈杂
嘈杂
※咻
唔哦哦哦哦哦哦哦

你们蜥蜴，
就得在地面上四处乱转才对嘛。
但是你这滑稽的舞蹈我已经看腻了，
差不多该给我去——
注意力涣散可是很危险的。
※踢飞
ドッ
唔啊！

嗷呜呜呜
※滋啪啪啪
起身
是，是谁？
！
阁下是……
那个村子的主人吧！

主人？
这个人在瞎说什么呢？
难道阁下是来援助我们的吗？
他是狼鬼兵部队的队长哥布塔。
牙狼族的……
我是岚牙，特奉我主人利姆鲁大人之命前来相助。
你们是如何到这里的……
用『影移动』啊，你没学过吗？
呵呵呵……利姆鲁？没听过。

虽然不知道是哪来的野鸡货色，但敢碍我的事，我就不客气了——
ゴオッ
※轰轰轰
什么？
哦，开始了。

什么？
到底是什么
情况……
难道是大
魔法？
区区蜥蜴人族居
然会用多人仪式
魔法。
先快点结束单挑，
然后再去收拾那个
用大魔法的家伙！

什么？变多了？
ズラッ
那个，你是叫加维鲁吧？你们快点重整旗鼓，展开防御阵型吧。
嗯嗯，知道了。
不过，刚才那个黑色的东西……
啊——那个不用担心。
※冒出

虽然我也是第一次看见，不过那是我们的人用的法术。
——不是叫你们让开了吗。
你们是什么人？
不记得了吗？
真是过分啊，你们明明摧毁了我们的村落啊。
嚓

那个角……难道是大鬼族？
怎么说呢，现在稍微有所不同了。
轰
我再说一次，给我把路让开，肥猪们。
不然就把你们烧成灰。

轰轰
……看来敌方也掺杂着高手啊。
……帝？

……肚子好饿。
随便什么都行……
给我吃的……

如果用史莱姆的形态进行拟态的话——

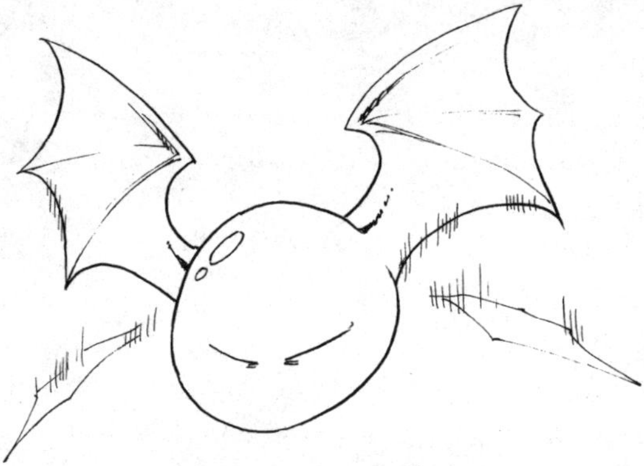

就成了这个样子，
有点小可爱呢。

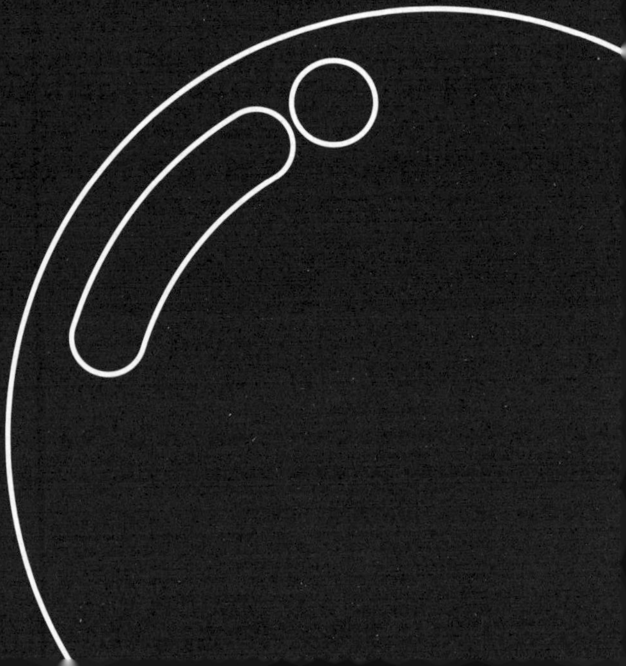

想看我拟态成黑岚星狼的样子？
是的，哥布塔那家伙跟我说那身姿非常漂亮！
啊……是在矮人国的入口被人类冒险者缠上的时候啊。
哇
呀
我明明告诉那小子把眼睛闭上了……
哎，算了。
弹
那你看好了。
兴奋
兴奋
兴奋
兴奋
兴奋
要是说起来或许这是岚牙狼进化之后的姿态吧。
轰轰
轰轰

威风凛凛
嗷……
岚牙你也要努力长成这个样子。
哼，看来你们是来救蜥蜴们的啊，不过这都是徒劳！

不过是些不明来历的小废魔物的手下罢了。
多你们几个，也无法动摇我军的优势。
怒
小废魔物……
……那就让他见识一下吧。
轰轰
轰轰
！
哎哎哎……

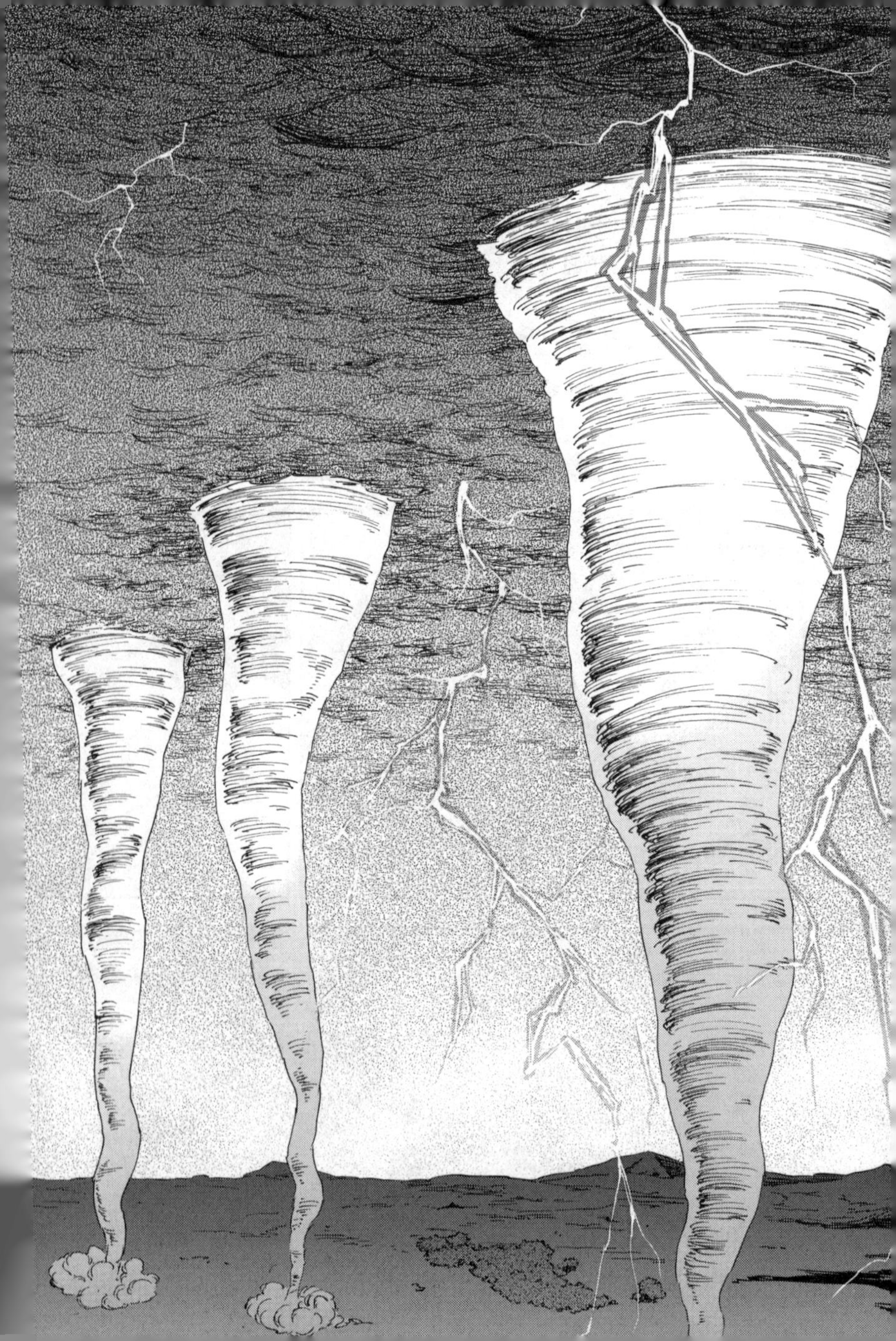

第22话　黑雷暴风雨
这是什么啊……
解答。这是名为岚牙的个体所施展的大范围攻击技能『黑雷暴风雨』。
啊，这样啊……

※轰轰轰轰轰

※轰轰轰轰轰

嗷呜
呜
呜

嘈杂
角变成两根了！
嘈杂

看到了吗？蠢猪们。
这就是你们所轻蔑的小废魔物实力的冰山一角。
啪吱
猪头族们已经被吹走了啊……
喂……喂，哥布塔！

啊，在！
我们现在还没有将猪头族全部歼灭，
趁他们畏惧岚牙的时候抓紧机会。
知道了！
加维鲁先生！
嗯！
我们左右开攻，收拾掉猪头族的残党。
明白！
哇
啊
啊
啊
啊

哎呀哎呀，真是让人操心啊。
我躲。
跳起
呵呵呵……还东张西望啊，真是胸有成竹啊。

看招。
扔
出
咻
哼
咻
哼
哼嗯
咻
咻
抓到了！
丢

ギャルル
缠绕
扯……
刺啦
这下你就跑不掉了，
好烫！
燃烧
？
松、松手……

呀
燃烧
散落
都是些不中用的家伙啊。
怎么办，都交给哥布塔他们吗？
嚯嚯，真会说笑。
这可是利姆鲁大人华丽胜仗的初战啊。

别太得意！
※呀啊咿咿咿咿
咿
咿
咿
！
这家伙……
转身

パァン
啪啪

我们要大显身手一番才对吧？
也对。
ボッ
聚起
看招。
ゴッ
轰

快逃啊，别碰到这个黑火焰球啊！
会被烧成炭的！
哇啊啊啊
好了，紫苑该你出手了。
交给我吧。
笑
哇啊啊啊啊

哒
吸气

ズバァァァ
※啪啊啊啊
啊
啊
啊
呼气

哇……
……我还是不要惹紫苑生气为妙。
话说从空中观看，这战局变化的还真快啊。
轰
哇啊
呀——
哇啊啊啊啊
占据压倒性优势的猪头军不一会儿就变少了啊。

虽然离全灭他们还差很远，这一点让我有点吃惊，但是实际上能作战的人员已经不多了。
发现指挥官了，白老！
是。
红丸通过我的『思念传达』获得了俯瞰全局的情报，有他指挥就能阻隔敌方的援军了。
话说这家伙的技能也太狠了吧。
鬼人族还真是优秀啊（不过有一个家伙挺危险的）。
看来这场战争结束之后还得和他们好好相处啊。
哇啊啊啊
哇啊啊啊

バババ
啪
バババ
※啪啪啪啪啪啪啪啪
哇啊啊啊啊啊
啊啊……我下的判断，
キキュ
嗖嗖嗖

※噗呲
决定建立联盟果然是正确的。
怎么样……操纵猪头族的人，你都看到了吗？
呼噜—
呼—
接下来就轮到你了，
毁灭大鬼族的村落，与鬼人为敌，
拎

啊……
惊恐
惊恐
你就好好后悔去吧。
哔
※飞溅
啊啊啊
ばつん

咻
抖抖
真是混账，一群废物！
咔嚓
还有鬼人？虽然我让克鲁特去袭击拒绝了我的大鬼族村落，
但是没想到幸存者居然进化了！
还有那头野兽，我可没听说过鸠拉森林里有这种怪物。

这背后到底发生了什么啊，我怎么都不知道！
咻
可恶！
糟糕……我必须想个对策啊！计划都走到这一步了，竟然生了变数。
这样下去，我……
我会被那位大人抛弃的！

哎呀——佩服、佩服。
突然就把别人的手腕给砍断了，还真是位不按照常理出牌的姐姐啊。
别说笑了。
这点伤对你来说根本不算什么吧？

拉普拉斯。
算是吧，不过我想要是这水晶也碎掉了可如何是好啊。
那可是难办了，毕竟我也很期待接下来的发展啊。
但是你也不会如此大意的不是吗？
您真是抬举我了，我也有失手的时候啊。
比起这个，

这是克鲁米特的视角，
差不多就要到高潮部分了。
这是猪头帝吗？
……让我看看。
正是，他就在湿地的正中央。
也就是说克鲁米特亲赴战场了吗？
我明明叮嘱过他不要出手，还真是个没用的男人。
算了，算了，快看，又来一个人。

……我收回刚才说的话，多亏了克鲁米特，我似乎能看到有趣的事情了啊。
嘿嘿……

居然让十大魔王之一的人偶傀儡师克莱曼——
说出这番话。

前往第5卷转生吗?

> 是

否

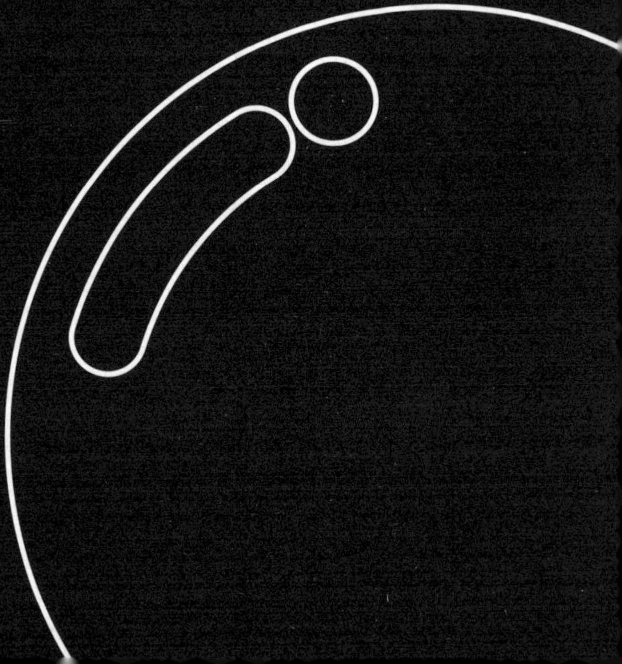

加笔小说

维鲁德拉的史莱姆观察日记
~飞翔篇~

维鲁德拉的史莱姆观察日记
~飞翔篇~

◆疯狂滚动的齿轮◆

树妖托蕾妮委托利姆鲁去讨伐猪头帝。

哼哼。

她委托得很无赖，恐怕已经走投无路了。尽管她显得游刃有余，但没能瞒过我的眼睛。

其实她心中正焦急万分。

别看她外表柔弱，托蕾妮是受我委托管理鸠拉大森林的高级魔物。一般的敌人，她一个人就能解决，不至于特意求助他人的力量。

也就是说，现状已经不给她选择的余地了。

“突然现身，还真是自说自话啊。树妖托蕾妮。”

开口的是红毛，我记得他叫红丸。

托蕾妮竟向弱小的哥布林求助，他似乎难以信服。

他心生疑问再正常不过，可还是没有看到本质。

托蕾妮的行动，是建立在调查后的确信之上——

利姆鲁是鸠拉大森林的最强者。

树妖个个身怀绝技。凡是草木生长之处，全在她们耳目能及的范围内，无论距离远近。

因此，鸠拉大森林内的情况没一件瞒得过她们。甚至可以认为，从拥有巨大魔素量的生物诞生的那一刻起，树妖就启动了监视。

利姆鲁与红丸他们的战斗也尽收她们眼底。

利姆鲁随后的应对也不例外。

只要听到那时的对话，谁都能一眼看出利姆鲁的老好人特质。

实力傲人，急公好义，可以说是最佳利用对象。因此托蕾妮果断向利姆鲁提出了委托。

若是树人族的聚集地被猪头帝盯上，仅凭树妖之力无法与之抗衡。这肯定是托蕾妮的真心话，可她心底恐怕另有目的——为了掂量清楚利姆鲁的分量。

我消失后，鸠拉大森林失去了守护者。

这直接导致了眼下的乱局。

为了杜绝未来这类事态的再发生，必须选出能代替我守护森林的人——这才是托蕾妮的真正目的。

其实，我与其说是守护森林，不如说是看谁不顺眼就让谁消失。即使如此，我仍为森林带来了安宁。对魔物来说，臣服于“强者”就是最高的准则。

按下托蕾妮真正的盘算不表，加入到了会议中。

对于她的委托，利姆鲁暂且保留回答。我还以为他会满口答应，看来事情没这么简单。

猪头帝确定存在。打倒猪头帝，问题解决。要是我的话就是这个思路。

要是能顺便显露我的强大，让一圈人围着我欢呼喝彩，整件事就堪称完美。

然而，利姆鲁意外地非常谨慎。

我试着读取了一下他的想法。没想到，他担心的是争斗的波浪可能殃及村民。

唔，的确不好办。

孤身一人才能无所顾忌，一旦要守护弱者，行动就会受限。

接受了欢呼喝彩，就要履行相应的义务。

我似乎考虑得太简单了。

那么，利姆鲁又会怎么做?

我翘首观望着会议的走向。

会议桌上的对话逐渐复杂，似乎是关于猪头族此次进军的目的。问题的关键还是在于二十万大军。

名叫白老的鬼人说：“毕竟他们可没有兵站这一概念……”

兵站?

这种概念我也没有啊!

“伊芙利特，兵站是什么？”

“这个嘛……我也不清楚。将棋规则中没有关于兵站的信息。”

伊芙利特一手捧着已晋升为他最爱书籍的将棋规则书，如此回答。

将棋说到底也就是个游戏，缺乏相关记载我也无话可说。

倒是伊芙利特引起了我的兴趣。

这家伙要是接触到战术书，说不定能成为了不得的军师。

我一边想，一边将意念探向利姆鲁的深层记忆。

我早就读惯了漫画和小说，不费吹灰之力就找到了目标书籍。

那就是——辞典。
利姆鲁的记忆整理得井井有条，我轻而易举就查到了想找的词条。

兵站：在战斗部队后方，对人员、兵器及粮食管理运用的机构。又指确保、维持补给线的军事业务。兵站具有补给、运输和管理三大功能。根据能力，兵站可分为自给自足型、现场调配型和补给基地型。

哇哦，原来如此。
今天也学到新知识了！
“哈哈哈哈！你还有得学呢，伊芙利特。听着，所谓兵站就是——”
我向伊芙利特公布了一秒钟前入手的知识。
“厉、厉害！不愧是维鲁德拉大人。在您的渊博知识面前，我只剩下佩服的份。”
“对吧，对吧。你也读读这本书，好好学习！”
“喔喔，十分感谢。就让我以您为榜样，向您学习吧！”
哼哼。
伊芙利特果然是个直性子。
这样一来，痛苦的学习就能丢给伊芙利特了，我只要负责快乐玩耍就好。

大家逐渐弄清了猪头族的目的。
猪头族迄今为止的行动，全是为了通过独特技能“饥饿者”夺取各个种族的技能。
听大家提起这茬儿，我也想起来了。的确，从前面世的猪头帝也有这个能力。
那时的猪头帝是被人类讨伐的，个中缘由显而易见。独特技能“饥饿者”能夺走魔物一部分的特性与技能，却夺不走经由努力得来的技术。因此，我觉得大家的判断没错，猪头帝的目标的确是魔物。
他企图将森林中的魔物吞噬殆尽，登上霸主之座。
若真让他野心得逞，这片森林说不定会诞生一名新的魔王。
说话间，新情报又出现了——猪头帝背后，有魔人在暗中活动。
这下板上钉钉了。

阴谋的气息就快压不住了。

赶紧拿主意吧，利姆鲁！

你出手也好，不出手也好，再拖下去只会害大家遭殃。这些可都是我未来的崇拜者！别等事情走到那一步，赶紧去讨伐猪头帝！

不过，任我怎么嚷嚷，我的声音是无法传达给利姆鲁的。正在我懊丧时，紫发的鬼人紫苑推了利姆鲁一把。

“猪头帝这种货色，才不是我们利姆鲁大人的对手呢！”

紫苑如此断言。

我完全同意！

利姆鲁闻言，面露苦笑。

“讨伐猪头帝一事我接受了，诸位也做好准备吧。”

多么可靠的发言，利姆鲁就这么接下了委托。

猪头帝，你完蛋啦！

这下我的镇子就算安全了，我长出一口气。

◆虚假的优势◆

那是啥，好帅！

利姆鲁这小子，竟然弄到了一张超抢眼的椅子。

椅子虽说怪模怪样，可只给利姆鲁也太过分了。

是所谓的神轿吗？

利姆鲁好像觉得很羞耻，但我很中意。等我复活了，一定给自己也来一张。

利姆鲁他们忙于战前准备，伊芙利特则在读战术书。

结果，我闲了下来，非常闲。

好闲，无聊，超无聊。

“好闲啊，伊芙利特。”

“不会啊，我正在学习——”

“好闲，对吧？”

“……就是啊，完全就如维鲁德拉大人您所说。”

搞什么，伊芙利特也很闲啊。

早点说不就好了。

伊芙利特这家伙，总是这么客气。

“哈哈哈哈！既然如此，就让我看看你进步了多少。久违地来一局怎么样？”

我向伊芙利特下了将棋的战书。

伊芙利特一副喜极而泣的样子，急忙开始准备。

上回的对弈，我浑水摸鱼，胜负不了了之，不过那单纯只是我身体不舒服而已。

什么？你问我人在封印里，胜负和身体有啥关系？

那当然是有啊。

我落在下风是不可能的事。从结果推导，唯一的解释就是身体不适。

所以，今天就让我状态全开，一决胜负。

……

好、好怪。

棋局的展开真是怪得不得了！

我以王者的从容开始对弈，谁料到形势竟对我极为不利。

“将军了，维鲁德拉大人。”

“小、小意思！”

我华丽地移动金将，拿下了迎面攻来的桂马。

如何？这么一来你的攻势就——

“那您的飞车就由我收下了。”

哇啊，不可能，这种事绝不可能！

伊芙利特的角行残酷无情，夺走了我可爱的飞车！

可恶，可恶！

我完全落入了伊芙利特的圈套……

太肮脏了。

混账伊芙利特，使的都是什么阴险花招。

那就没办法了。

虽然我不想用这一手……

“伊芙利特，你棋力长进不小啊。为了表示对你的敬意，我也拿出撒手锏吧！”

我高声叫喊，闪电般翻转我的王将。

那里刻着两个字——“帝王”。

“这、这究竟是……”

伊芙利特惊慌失措。

我欣然望着这一幕，说道：“哈哈哈哈！你眼下看到的才是我王将的真正姿态。这枚‘帝王’可是能移动两次啊！”

“哈？不不，规则里可没写这种棋子！”

“蠢货，伟大如我，岂会受缚于人类的规则！”

“啊？”

听了我的话，伊芙利特被震撼得动弹不得。

哈、哈、哈，也怪不得他。

区区凡人第一次窥见我的伟大，当然会备受冲击。

“——不、不可能，竟然拿这种小孩子耍赖的……不，不会的，绝对不会。维鲁德拉大人一定另有深远的思虑……”

“嗯哼。拍马屁就不用了，伊芙利特。真正的胜负现在才要开始！”

我如此宣言。

然后，开始了我怒涛般的反攻。

◆出战之呐喊◆

形势一举逆转，我心情不要太好。

现在可以从容地看看利姆鲁的情况了。

刚才我瞥见他在试衣服，华丽又轻飘飘的服装一一套到他身上。这回我倒没有很羡慕，我喜欢的是更酷、更帅的衣服。

不等我想完，利姆鲁和一众鬼人全换上了超帅的衣装。

不仅外形帅气，防御力也非常出色。

“看啊，伊芙利特，那帮人只顾自己开心，好过分是不是？”

“唔……不管怎么布局，王将总能利用第二次移动脱身……”

“听到我说话了吗？”

“咦？万分抱歉，我稍微有点沉浸过头了。”

哼哼，这是彻底陷入我的攻势，顾不上关注周围了。

倒也怪不得伊芙利特，我的“帝王”是天下无敌的。

只要“帝王”还在，我就立于不败之地。

这事先不提。

“你也得跟我学学，对周围的事多加留神才行。看，利姆鲁他们全换上了新装备。”

“噢噢，真的啊。是那个矮人凯金和名叫黑兵卫的鬼人的手笔吧？还有那件衣服，暗藏玄机，是下了功夫做的。利姆鲁大人总是让人惊喜不断。”

伊芙利特打量着利姆鲁他们，感叹道。

不愧是上位精灵。他能理解武器装备的重要性，是因为曾在那什么魔王莱昂的手下干过吧。

“怎样，你有什么看法？就凭他们几个，打得过猪头族的大军吗？”

我故意给伊芙利特挖坑。

实际上，我毫不怀疑利姆鲁能取胜。C、D 级的低级魔物，面对超越了 A 级的强力魔人，数量再多也是白搭。

据我观察，我们这边的几个鬼人都大幅进化，魔素量超过了 A 级，与猪头族交战绝不可能落在下风。

伊芙利特又会怎么看？

我交给他的战术书，他全都用心读了。

要是他读书读到傻，光凭双方人数判断结果，我可不会认同他是军师……

“取胜的会是利姆鲁大人，毫无疑问。就算是那位树妖托蕾妮，她顾虑的无非也只是在大军背后推波助澜的魔人。那帮魔人总在暗地里活动，连魔王莱昂大人都为之心烦。”

“哦？”

伊芙利特这小子，头脑比我想的还要敏锐。

我来了兴趣，催促伊芙利特继续往下说。

“说穿了，猪头族大军其实只是个幌子。现如今，鸠拉大森林没了您坐镇，自然会有人觊觎这片森林的霸权。眼下的事态也许是出于这个目的。”

“你想多了吧？”

“这个嘛，怎么说呢，在我看来是相当合理的推想。我是知道的，有一位魔王向来擅长玩弄这类诡计……”

伊芙利特拉长了脸，回答道。

他在魔王莱昂手下似乎吃过不少苦头。

“照你说，最多算个幌子的猪头族大军肯定打不过利姆鲁他们咯？”

“正是。用将棋棋子打个比方，利姆鲁大人和他的部下就相当于金将、银将、飞车和角行，有万夫莫当之力。另一边的猪头族呢，大多数只是步兵，最多有几个银将。这种情况下，只要对方的王将没有变成‘帝王’，此战必胜。”

伊芙利特论证得一本正经，我听得频频点头。

经他一说，我也觉得完全就是这么一回事。不过啊，伊芙利特，你这一番发言里，好像存在一个叫作flag[1]的东西啊。

我读过的诸多书籍中，永远少不了这类情节……

算了，管他呢。

“你能理解到这一步，成长了不少啊。”

“是！得您称赞，无上光荣。”

不错不错，伊芙利特这小子，前途无量。

利姆鲁有很多部下，我却一个也没有。我以前从不在意这些，最近却慢慢不甘心起来。

就这样慢慢锻炼伊芙利特吧。若他能成为我的参谋，不失为一桩乐事。

“维鲁德拉大人，我有一个请求——”

“说来听听。”

我心情大好，点头道。

适时奖励属下也算是主君的责任。

“我们能否变更条件，重开一局呢？”

“嗯？”

“请允许我像您一样使用‘帝王’。”

“这、这个……”

“您的棋力远在我之上，万望您为我示范一局。”

“唔、唔嗯，说得也是……”

不妙！

大事不妙啊！

然而——

“也好，就让你开开眼吧。”

我的字典里没有“逃跑”二字。

没错，我已经悟了。

帝王永不败北，我也一样。

永不后退、永不献媚、永不反省！秉持着这一精神，我别无选择，只能接受伊芙利特的挑战！

不是目送利姆鲁出战的时候了，这可是睽违已久的不认真就会死的场面。

伊芙利特的视线扎得我好痛。

---

① 英文单词原意为旗帜，后被广泛引申到ACG作品中，指引发某一特定事件的原因；后来再进一步引申为某一特定事件发生前的征兆或标志。

那视线中充满了对我的尊敬，将我逼到墙角，不允许我辜负他的期待。

伊芙利特兴冲冲地准备棋盘。我看着他，暗暗告诫自己，绝不能输。

忽地，我注意到了利姆鲁。

“说得真是太好了！竟能察觉到利姆鲁大人的伟大之处，我很看好你哟。”

已经成为利姆鲁秘书的紫苑，成功地用这句话增加了利姆鲁的工作量。

唔，之前我还没意识到，该不会其实利姆鲁也是跟我差不多的心情吧……

来自他人的期待可是会重重压在心上的。

“既然是同盟，前去营救是理所当然的吧？”

利姆鲁好强啊。

心里明明不无怨言，脸上却不露分毫。

反正你都这样了，不如也来帮帮兄弟我啊……我在心中哀叹。

◆战场上的涟漪◆

“……果然蜥蜴人族处于劣势啊。如果这是模拟战略游戏的话可就玩完了。”

利姆鲁喃喃。

这句话完美描述了我眼下的战况。

“将军了，维鲁德拉大人！”

哼呼噜噜噜……

伊芙利特毫不留情，怒涛般猛攻我军阵地。

王将竟能移动两次，真是卑劣至极。

谁！发明这种鬼扯规则的究竟是谁？

蜥蜴人族的加什么鲁正跟敌将一对一，打得如火如荼，可我根本顾不上他们。

我拼了命地移动棋子，勉强抵挡伊芙利特的猛攻。

我都这样了，伊芙利特还气定神闲地向我搭话。

“请看，维鲁德拉大人，那名叫红丸的男子竟然继承了我的火焰之力。”

吵死了！

现在可不是分心看外头的时候。

我明知如此，到底还是没忍住，飞快往外一瞥。果然正如伊芙利特所说，红丸出手不凡，撼天动地的大招降落在战场上。

“喔，那一招还化用了我的‘黑炎’呢。那可不是谁都能用的技能，是红丸自创的必杀技。”

“的确。凭他的魔素量，很难释放出与我同级别的热量。要想化不可能为可能，他势必得把好几个技能组合起来。”

正是如此。

那一招，只怕是结合了伊芙利特的“热量操纵”，我的“黑炎”，还有红丸原本自带的技能“鬼王妖炎”。

除此之外，他还使用了封闭空间的技能，手腕不可谓不高超。

“解答。您理解正确。那道攻击是名为红丸的个体自创的大范围烧灭攻击——黑炎狱。”

“黑炎狱”吗？

对我和伊芙利特虽然无效，可大多数魔物恐怕都挨不过那一下吧。竟能轻松驾驭这种招数，那个叫红丸的鬼人真是成长到了惊人的地步。

另一面，哥布塔正在驰援加维鲁。

加维鲁是个狂妄自大的家伙，可他庇护了部下，还算个男子汉。利姆鲁不忍心见死不救，我也有同感。

哥布塔一个人救这场子有点吃紧，所幸岚牙就在附近，区区猪头族不在话下。

对战进入了终局。

原本这该是我激动围观的时候。

然而，我现在心情十分沉重。理由自不必说……

看看棋盘，我军正散发出浓厚的败北之气。

事已至此，别无他法了。

我的“探究者”正在全力解除封印。就算要挪用它的力量，我也非计算出一条生路不可！

“报告。拒绝执行命令。”

什么？
混、混账利姆鲁。
一眼看穿了我的心思吗？
我有心理准备，为了获胜，延后封印解除也在所不惜。可利姆鲁似乎颇有异议。
虽然说我也想尽快从封印中解放……
可“龙种”是不允许落败的！

“解答。您是自作自受。将棋规则早有成规，您为了一己私利擅自变更，才有此报。再想取胜也该谨守底线，最多就是争取先手优势而已。”

生气了。
我擅自变更规则一事，似乎完全把利姆鲁惹毛了。
可我就是想赢。
威不威严的怎么都好，我只是想赢。活了这么久，我如此执着于胜利可能还是头一遭。
我这辈子绝非未尝一败，与勇者战斗时也是如此。一旦意识到没有胜算，我马上放弃了争胜。“龙种”不坏不灭，就算一时死亡，总会复活。
然而，将棋不同。
不光是将棋，利姆鲁知识库中的游戏全都一样。
无论参与者的身份、立场，谁都能享受竞争的乐趣，拼个你死我活。
明明是这样，可是……对这个能抛开一切顾忌、死战到底的游戏，我好像太上头了。只因为不想输就要花招，结果掉进了自己挖的坑里。
正如利姆鲁所说，完全是自作自受。
即使如此，就算是为了收拾自己的烂摊子，我也想要赢。
——我的这份决意，传达给了利姆鲁。

“提案。要使用代理演算吗？是／否”

真拿你没办法——他用这样的语气向我提议。
我喜上眉梢。

利姆鲁果然是我的朋友。
我毫不犹豫，扑向了这根救命稻草。

◆黑雷暴风雨◆

我与伊芙利特的决战逐渐白热化。
利姆鲁的一众部下也正要迎来大战的终局。
战场上，操纵“黑炎狱”的红丸鹤立鸡群。
此外，利姆鲁的宠物狼岚牙也放出了大招。
几道龙卷风拔地而起，卷裹着电光，扫荡猪头人。
那莫非是它的额外技能“风操作”和我的“黑闪电”的复合体？

“解答。这是名为岚牙的个体所施展的大范围攻击技能‘黑雷暴风雨’。”

“黑雷暴风雨”啊。
像是我的“破灭风暴”的劣化版。
是因为岚牙一直潜伏在利姆鲁的影子里，充分浸沐了他的魔素吗？它踏上了一条相当特别的进化之路。
岚牙如今的学名是黑岚星狼。
一句话总结：很强。
从刚才的范围攻击来看，它的实力轻松上A级。那种大范围攻击足以左右战局，没有庞大的魔素量打底，根本不可能施展得出。
A级的门槛就在这魔素量上。
突破门槛极为困难，可一旦成功，收获也是极大，往往能像如今的红丸和岚牙一样，进化出超越常识的强大力量。
当然，要是不勤加磨炼自己，魔素再多，也是浪费。
利姆鲁他们开会时曾提到过什么魔人，那人应该也到A级了。毕竟“魔人”这个名号就是高手的同义词，那人必然也是个强手。
至于我，不用再说了吧，我完全在另外的段位上。
然后是伊芙利特，这家伙也不能小瞧。能与他匹敌的，怎么也得是魔王们的部下。
利姆鲁虽然见多识广，可在这类事情上还很生疏，所以他一直在全心戒备。其实猪头帝根本没有那么吓人。
猪头帝能聚起二十万大军，肯定多少是有点料的……但利姆鲁是得到我认可的人，我毫不怀疑他能取胜。

难点还是在猪头人大军的数量上。

那怎么说也是二十万。要想逼出他们总帅，我们这边得消耗大量精力。

就算是这样，只要利姆鲁的属下全力以赴……一切都能依计划而行。

利姆鲁正轻飘飘地悬浮在高空中，甚至还有闲心帮我下棋。

真是运筹帷幄啊。

这方面我远比不上利姆鲁，我还是老实承认吧。

红丸、岚牙、白老、紫苑，还有忙得像个陀螺的哥布塔。在他们的努力下，战局逐渐开始向利姆鲁倾斜。

这下猪头帝不能再作壁上观了吧。

与此同时，我和伊芙利特的战斗也——进入了决战。

“不、不会吧……这、这样下去……”

伊芙利特大为动摇。

倒也怪不得他。就连我本人也完全是一种难以置信的心情。

“——下一手是将军。”

我若无其事地安插棋子，把伊芙利特的“帝王”引到边线……然后两枚香车与飞车编织罗网。

刺入敌营心脏的，则是实力最弱，向来遭我轻视的棋子：步兵。

“伊芙利特，这下就将死你了。”

利姆鲁通知我的同时，我将步兵向前挪动一步。这样一来，我成功侵入了敌阵腹地。棋子翻转，步兵成金。

“不可能……”

“帝王”虽能移动两次，这下却再也无路可逃了。

“将军！我赢了。”

我胜利的宣言之下，伊芙利特瞠目结舌。

“——我认输。这种状况，我满心以为您绝不可能翻盘……维鲁德拉大人，您是想要让我明白‘永不放弃’的重要性吧？”

什么？

伊芙利特到底误会了些什么啊？

看来我也只好配合他了。

“正是。”

“果然……我目光太短浅了，真是一生之耻。我发誓，从今以后，无论怎样的绝境下我都绝不放弃，永远不会抛弃获胜的希望！”

这家伙还真夸张啊。

不过，多亏了他，我已经完全明白该怎么接话了。

“我等你这句话很久了。我算是没有白白制订这乱来的规则。你既然悟了，‘帝王’也不必再存在了。”

“您竟然为我考虑到这个地步……”

伊芙利特拜倒在了我的言语之下。

哼哼。

这下就完美蒙混过关了，伊芙利特还愈发尊敬我了。无可挑剔的发展。

话又说回来了，不愧是利姆鲁啊。

之前就不断震撼到我，这次更是只能用“漂亮”来形容。

外面的战况也一片大好。

这样一来——

……

嗯？

还有什么需要担心的吗？

利姆鲁前方，猪头帝赫然在目。

看上去就是个不值一提的对手……

然而……就像步兵翻转过来就会升级成金一样，猪头帝该不会也……

我大概是想多了。

可是，战场上发生什么都不奇怪。

利姆鲁深刻理解这一点，绝不会麻痹大意。

很好，这场决战会有何走向，就让我好好地看个清楚吧！

如果是双脚行走的话或许就可以了

承蒙以下人员的关照
原作：伏濑
角色原案：三叶（Mitz Vah）
助手：西田拓矢　村市　日野（Hino）　原口大树
桐谷将士　荒绪择
编辑部的各位

还有你！

三叶（Mitz Vah） 绘

衍生漫画《魔物之国的漫步指南》作者 冈雾硝 绘
祝贺单行本发售！
我会每天认真熟读的！
衍生漫画《魔物之国的漫步指南》也请多指教

黑版贸登字08-2022-032号

图书在版编目（CIP）数据

关于我变成史莱姆这档事. 第一辑：全5册 / (日)伏濑著；(日) 川上泰树绘画；(日) 三叶角色原案；K.W，羽千落译. -- 哈尔滨：黑龙江少年儿童出版社，2023.2

ISBN 978-7-5319-6443-8

Ⅰ. ①关… Ⅱ. ①伏… ②川… ③三… ④K… ⑤羽… Ⅲ. ①长篇小说－日本－现代 Ⅳ. ①I313.45

中国版本图书馆CIP数据核字(2022)第246246号

关于我变成史莱姆这档事 第一辑 4

GUANYU WO BIANCHENG SHILAIMU ZHEDANGSHI DIYI JI 4

［日］伏濑 著 ［日］川上泰树 绘 ［日］三叶（Mitz Vah） 角色原案
K.W 羽千落 译

出 版 人：张 磊
策 划：傅小童
责任编辑：郜 琦
封面设计：李宗男
出版发行：黑龙江少年儿童出版社
（黑龙江省哈尔滨市南岗区宣庆小区8号楼 150090）
网 址：www.lsbook.com.cn
经 销：全国新华书店
印 装：北京盛通印刷股份有限公司
开 本：787mm × 1092mm 1/32
印 张：5.75
字 数：50千字
书 号：ISBN 978-7-5319-6443-8
版 次：2023年2月第1版
印 次：2023年4月第1次印刷
定 价：125.00元（全5册）